到万物里去

胡澄———著

长江出版传媒 | 长江文艺出版社

自　序

一、诗行或生命转移

我的身体像极了鸽子笼
它们在我体内咕咕地叫
扑腾着飞
我希望它们全都飞出去
哪怕无线电般飘在空中
等待某些心灵接收

然后，我倒塌了
将这个空笼子归还给世界

二、草

这些草
这些葱郁或者衰微的草
不论开花或者永久不会开花
不论结果或者根本没有果实
——都长在我的胸口
根深深地盘踞在我的心上
吸取我的血液

它们生长出来
继而又构成了我的原野
我藏身、隐匿其中的乐园
我得以聆听天音和鸟鸣的地方

三、抒写

冬日的太阳
从两栋房子之间升起
刷新万物

——无论怎样挽留
这一日都将被删除

然而，我感到欣慰
在万千可以度过今天的方式中
我的选择不容置疑
捧着一本诗集
我渴望并满足

向着最终的虚无和寂静
我寻找曾经活在心中的
雀鸟般的词语

目 录

第一辑 到万物里去

第三辑　我在你的眼睛里看见了三月的溪涧

第四辑　同体

第五辑　超短诗

第一辑

到万物里去

滤去纷繁

回头看见

两条相向的路

一条自幼儿向成年走来

一路上细心地辨析麻雀、黄鹂、白头翁……

它们的叫声

同时辨别银杏、松、柏、枫树等叶子

以便在日后的生活中

将覆盖到身上的纷繁一一认领

另一条是老年向着稚童回头

将一路的载负放下

鸟鸣就是鸟鸣

树叶只不过是树叶

内心空无一物

死亡将如某一吉日

乔迁般喜悦

将旧巢归还

2020. 10. 12

请在无人看见你时微笑

请在无人看见你时微笑
不仅对着镜子
请对着荒野、对着那根枯干的树枝
那黄昏的枯草丛中有成千上万的生命和秘密
请对着虚无、那虚无正无中生有
孕育新的生命
请对着星空，也对着雨雾深重的太空
那里依然有闪光的星辰
请对着看不见的神灵
他们正注视着我们
请对着远方的朋友
想起他，也想起隔世的友人
请想起离世的父母
也想起虫蚁走兽
它们都有心灵
请向着所有的心灵微笑
就像面对烛光中的情人

2015

凝 视

只有星空没有门
甚至你用长枪一样的望远镜凝视
它们也不会有异议
每当天气晴好、心中无事时
浮云飘散
星空会向你展开雀斑一样清晰的面容
你会看见湛蓝的天幕上
振翼飞翔的星群
假如你从太空收回视线
凝视身边的人
他们也会星光般发亮
但我请你尽快地将一些门掩上
或者在自己的眼前挂一层滤膜
恒久地保持沉默
并深深地凝视自己
为自己和同类送上祝福吧
抬头去看枝上跳跃的小松鼠
和叶片上尚未蒸发的露珠

2023. 4. 5

回　望

一生的行迹绘制出来

是一幅怎样的河山

边际有多宽

沿途的人，哪些成了朋友，抑或结下善缘

哪些擦肩而过继续陌生

哪些积怨甚深，不堪回首

过客并没有过去

暗中所作亦昭然

一切都已上色

无法修改

善念和善行一定是绿色的部分

植物继续生长

悔恨和错误构成的废墟

多么触目

在时间的向度里无法翻页

一个人坐在自己的行迹绘制的国度里

或囚笼

无法自拔

或获赦

欢喜自在

2022. 7. 13

至暗或刀刃

来到了人生的至暗处
在这么深的漆黑里
死是一道亮光
你向那里靠近
本能地，如动植物固有的趋光性
死，吸引着你
仿佛死是唯一、最大的乐事
可是，多年以后，你是多么地感恩——
这欲死不能
感恩这求死路上的羁绊
这个戳进肉里、刺进心脏的钩
死死地将你拉住
将你悬在人世的悬崖和生死的刀脊上
渗透出血，一滴、二滴、三滴……
或许，它们叫爱、责任、义务
正是这些累人的词救了你
让你翻过刀刃
来到透亮的隧道口

2021. 3. 2

游历黑暗

黑暗丝绒般包裹我朝向我
仿佛我是它们的主

黑暗是个圆锥形的宇宙
针尖是我的王位
黑暗又像一个船舱
我是唯一的乘客，没有舵手

2015. 9. 8

平静的水面

发动机的轰鸣和人世的吵闹
是寂静的
我在人世所受到的伤害
如这水中的蓝天
它的破碎是短暂的
当搅动的手收回
静静地凝视
回归平静的水面
五官和树木的影子
渐渐清晰
弦月、破船以及浅底的淤泥
构成的画
那么美、和谐
仿佛各自栖居在
残缺而又完美的天堂里

2019. 10. 20

桥　梁

他想通过一个女人
连接溪涧、鸟语和秋日
浩大明净的苍穹
住进山间坚固的木屋
棕熊叩门而不入
"石阶上有一点蜂蜜
你拿去吧"
女人说

有时，他想找一个会针灸的女人
在心上刺针、捻转
无边的酸、痛——
然后
宇宙的筋络松解

2022. 11. 16

门

有细小之门
知足者说，水能渗透就够了
怀孕的母子
有血之门
我们之间
一些门开启，另一些却关闭了
当情欲之门洞开，冷静之门即合上
有一些谁也不知道密码的密码之门
曾经，我们坐在一扇
最高大的门旁边
大声呼唤："进来吧！进来吧"
果然，我们看见了他（她）
一个愿望制造的影子
这一切都被天空之镜尽收眼底
似乎是天空使了小伎俩
用一朵云塞在我们之间
成为我们彼此呼唤
但始终不能真正洞开的密码

2022.7.17

不要试图看透一条河流和它的风景

接受流淌和切换吧

幻灯片一样

上一张与下一张

下下一张

不要惊讶

接受三江源的纯白

也接受洪涝、咆哮和浑浊

接受地域和季节的变幻

接受不平

因为不平造就了流淌

像长江与黄河那样

我们相伴

各自有各自的河床

各自的流经和

枯水期

2022. 5. 17

时间举着两支笔

时间举着两支笔
我的身体和心都是白纸

时间画我，如你所见
用蹩脚的颜料，画我的青春
用土灰铸塑我的骨骼
用高原的天气画我的命运

时间在我心上记着流水账
用了十年我丢失青春
用了二十年我丢失美貌
用了三十年我丢失梦想
它们落叶般归土
时间也记录我的得到和亏欠

2022. 10. 12

替 换

—— 给心木和冉冉

依然是静静地倾听
然后笑着安慰
我在你的声音里感受清洗
和泽被。一条溪涧
叮叮咚咚
玻璃一样的阳光照射在
哭泣的泪水上

一直想成为你这样的人
通过电话，有时通过眼神
或者一只手轻轻地搭在
哭泣者的肩头
或者，遥远的两颗心
坐在不同的湖边
那共同的波澜
相互波及、澄清彼此

恍如一只隐蔽的手
悄悄地将一幅山水
替换掉一片废墟

2022. 8. 30

铁莲花

—— 和凌云

它银白色的花瓣
莹洁、光亮
像是从花苞里刚刚开出来
足可以亭立于神坛之上
足可以，与行者静坐时
顶部徐徐开出的莲花媲美
相对于水中的倒影
它于时间中将站立得更久
而矿工脖颈上滴下的汗、
手指上渗出的血、
以及炼铁炉里反复的焚烧、锤打、淬水
这一切扎根于尘世的根须
我们没有看见

2022. 8. 6

日　子

把所有的日子串起来

如这根珠链

有几个闪闪发光呢

这一排

那几个

都在暗自啜泣

这没关系

所有的日子

都是日子的骨灰

所有的哭泣都成往昔

关键是这根绳子

此在

如同一根草茎

被日子的草木灰滋养

依然活着，向着天空靠近

2022. 8. 28

接受野蔷薇的一切

接受这些篱笆

篱笆上的野火

哪朵花的绽放是错误的呢

无目的的盛开更加美丽

接受花落

泥浆中粉色的垃圾

接受花落尽

薄暮中进入十二月的静寂

2022. 5. 17

孔雀的羽毛

它在那儿打转
唱着歌
仿佛在配合我们的围观
事实上它正忙于一场情事
一场上帝设计好的情事
（与所有的情事一样）
它的眼里只有雌孔雀
或许
它永远都不会知道
上帝为何要给它装上
如此美丽的尾羽

2022. 7. 3

不能带你们走了

房子里摆满您的心爱之物
每一件都被您反复抚摸过
都有值得爱下去的理由
它们是您在这世间的物侣
前几次搬家
您在心里说："一个都不能少"
现在，它们被摆在庭院的草地上
琳琅满目
等待新欢

2022. 4. 18

意 义

正午的太阳炙烤着昏聩的大地
工地上，机器气急败坏地轰鸣
工人们穿着厚重的防晒服
分布在水泥钢筋间，像几点墨
错落在不和谐的蓝图上
他们之中，有一些在工程结束后回乡
从此，再也不能重返城市
而一二年后，这里将书声飘扬
孩子们唱着："春天的花朵真鲜艳……"

透过阳台的玻璃窗
我看见一个妇女提着水壶
老实讲：我很羡慕她
送水给烈日下焦渴的唇舌
还有什么比这更有意义的呢
可我仍待在空调房里，未动
我的人生，一个个日子的意义
大约，就这样丢失了

2021. 5. 4

绿色邮筒

绿色邮筒让我回忆起
人生是分几个片段寄走的

曾经，那么热切地渴望
一个合适的收信人

一封自以为重要的信
和一个错误的地址
是人生的双重痛苦

其实是一滴水错了
在海中寻找海

当我清醒并还原
一切徒劳的投递和寻找都取消了

我是如此轻盈、蔚蓝，徒有其表

2020. 8. 14

在爱和恨都淡去以后

在爱和恨都淡去以后
我们迎来了落日浑圆的晚年
坐在黄昏的江堤上
晚风轻吹，我们的白头
像两根芦苇，不悲不喜地摇曳
我们的心是两颗熟透了的果子
退去了酸涩，也舍弃了苦甜
但内含来生的种子
我们微笑着抬头，香樟树上的
麻雀正在集会，叽叽喳喳
仿佛在讨论到底是谁
配得上那根最高的树枝
而其中一只，站在低枝的是我
江水浩荡，满目余晖
上游的瀑布和激流
缓缓地来到了入海口

2021. 9. 17

童年的乡村夜晚

村口土路上
铺着各家各户的席子
从河里洗浴回来的人
脖子上挂一块毛巾
开始聚在一起
等待经过的风
蛙鸣像密织的布
萤火虫仿佛布上的花星子
星辰雪粒般闪烁
稍远处，亡人骨头中的磷火
一团一团地在山脚下移动
像一支抗议黑夜的游行队伍
流水叮叮咚咚

多年以后——
我一次一次地想回到
那样的星夜
向未知的人生和命运里的人们
说一声：我宽恕你
愿你也宽恕我

2019. 2. 9

这一期的生命

我的身体
像一件衣服慢慢穿旧
如何脱下它
是一个问题

同时作为门牌和标签
我的身体有恩于我
通过这个身体我爱世界
世界也将爱不停地投递到这个门牌号

迎面相逢
我们没有理由不拥抱
多么好啊！拥有人类的手
我要用这双恩赐的手
抚摸短暂幸存的事物
替没有手的族类的母亲
抚摸一下它们的婴儿

2020. 9. 1

和 解

如此平坦的一天
艰难的崎岖小路和黑暗深重的长夜
我都过来了
亲人们离去
又有亲人到来
我的儿子已经长大并经历风雨
我将他交给了另一个女人和广大的世界
他是我根上长出的小苗
但我已经成功地将他移栽
他独立，撑起自己的一片天地
我就此离世，也不会构成对他的威胁和摧残
为此，我感到安慰
我与经历的一切达成和解
所有我辜负和伤害过的人们
请原谅我！所有伤害和辜负我的人和事件
我都忘了。但我并没有忘了曾经的爱和陪伴
即使催逼，也是秋天的风霜
令我的灵魂成熟
所有的岁月，都是上苍对我的馈赠
我领受并真诚地感谢！

2018. 8. 13

黎　明

母亲穿着大襟土布白衬衫

梳了辫子

母亲急急地将我唤醒

给我换上干净的衣服

"天快亮了，赶紧走"，母亲说

我们挑着担，去数公里外的集市卖梨

银河广远，繁星像农舍一样安谧

月亮静待空中，云色无声地变幻

透着一丝丝亮光

矮山，牛一样躺卧在田边

空气是多么地清凉

母亲的和气，应对着柔和的曙色

像是离开了生活的煎熬

我的心如脚上的布鞋被露水湿透

一棵恩赐的梨树，长在庭园里

母亲小心地摘下它们

拿出其中一个，切成七片

我们每人一片

它的甜让我惊心，但未产生贪念

它那么庄严、神圣，被我们挑着

去集市换钱，交学费

2021. 5. 17

到万物里去

到一棵树里去

做它的枝条

感受落在上面的积雪

——那细线般、令万物躬身的力量

到一根草里去

感受阳光、雨露、雾霾和风

体会蹄子、皮靴，踩下来的感觉

那新鲜的刚落下来的牛粪

有着怎样的温暖和欢欣

到牦牛的冬天里

做它那嚼着草根和沙子的舌尖

到伤口里

感受那刺破的血管喷薄而出的血

如何地呜咽

到轮椅上做那残肢

感受他如何地想站起来

到棚屋区、到桥洞里……

到被践踏的生命内部

感受咔的一声折断，又渐渐地

拱出地面

渗出眼眶的泪，缓缓回到腹腔中

到爆炸的中心
感受骨头粉末来不及四散……
那万劫不复的死寂

2018. 12. 12

愧对恩典

一副骷髅坐在我的位置上
她比我难看，却比我耐看
忽然对身上的神经、血液、肌肉等
组织充满敬意和感恩
要怎样一丝不苟的工作，才能让我活着
看见、听见、感受着这世界

窗外小河，一片油绿的水葫芦上
单腿白鹭一动不动
河岸灌木丛中
两只乌鸦忽地腾空
快如闪电

黑白——
黑白二字拷问我
作为诗人，我怕自己眼睛打盹
含糊其词，统称它们为鸟儿

2017. 12. 7

田母的化育

父亲在前，锄头翻开泥土
一条新鲜的浅坑。母亲随后
从并拢的指尖，小心、专注地
撒下三五颗麦粒
然后用脚推动泥土
轻轻将这些麦粒覆盖
接下来的日子是漫长的期待
直至一场春雨后
小小的绿色火焰从泥土里蹿出
拔节、长高
绿松石变黄金
滚滚的金色波浪里
一个个待哺的婴儿
成长为青年、壮年

——田母神奇的怀抱里
这些神奇的化育
也在写作者的内心
悄悄地变幻

2022 元旦

句　子

句子从笔端出走后

停了下来

如一座亭子

可句子不同于亭子

在某些劫难经历之前

你无法穿过它

无法到它内部坐一坐

流一会泪

或微微地笑

在命运的教法全部

完成之前

你无法真正懂得命运

没有玻璃般碎过

就无法认识一堆碎玻璃

2019. 9. 9

在科尔沁谒孝庄铜像

这里曾经降生一个女婴
为父母所爱，在天地间成长
长大后嫁人生子。
但您不幸，成了寡妇——天下
众多寡妇中的一个寡妇。
不同的是，您的儿子是帝王。
整夜整夜，您梦见大厦倾覆
孤儿寡母无葬身之地
为此，您暗下决心，
要为帝国培养一个真正的帝王。
您祈求天下人等待，
等他长大。
在这接力的间隙里，
狼族虎视眈眈，
但无人可填空。
无奈，您将自己填在那儿，
将自己的整个青春
填在这一不小心就要坠入
的万丈深渊里。
您在他们的狼性与羊性之间周旋，
不惜利用天地赋予您的美色。
您的伟大在于掌握了天下的生杀权

但您不迷恋、更不滥用。

您知道权术只是权术，终将

还归于道。

您的本质依然是母亲、女人和女儿。

2018. 8. 16

两个女人

两个本不熟悉的女人

因为相似的悲伤聚到了一起

她比她年长些，也比她早几年经历了失去至亲的苦难

当听闻这个女人因为车祸一下子失去儿子、母亲和丈夫时

她决定找到她

陪伴她

每天下班以后，她去她家

她知道黑夜的深度

接连几天，几周，几个月

屋子里特别静

连呼吸都是听不见的

因为她们知道呼吸的昂贵

也不想开灯。这时候的灯光显得虚弱

她们静静地各自待着

不说一句话。任何语言都太轻了

走路时，一前一后，像两个黑色、低沉

低得没有声音的音符在黑色的五线谱上

直到有一天，哇的一声哭出来

她叹了口气。又舒了口气

接着，抱在一起号啕

接连几天，屋子里呜呜咽咽地哭

邻居们听了，也松了口气

仿佛哭是个悬心已久终于爆炸的炸弹

相对于无法出声的苦难
哭是一种恩施和救赎

2019. 12. 2

灾难的箭镞

灾难不会因为你逃避
你躲起来，它就找不到你
灾难将我当靶子
它们是神箭手
每一次
都穿过我的心
如果可以，我希望这些箭镞
永远地停留在我这儿
草船借箭
然后当柴烧
铁，还原成铁矿
永远不被开采
永远地，不要到别处去

可是，它们穿过我
去旅行

2015，2021 修改

钩　子

雨后春草般
世界伸出许多钩子
等我挂上去
如一颗沉重的瓜，我曾经悬在绝壁上
下肢鱼尾般
挣扎。当我遇见第二个钩子时
欣喜依旧
第一个钩子的模样早已忘了
而钩破的上腭也已经愈合
仿佛，这趟尘世之旅
专为钩子而来，为了遍尝被各种钩子
钩住的滋味
直至没有了上腭
没有了体重
回到了泥土和月光中

没有体重真好啊
谁看见过月光和空气
挂在钩子上呢

2015. 9. 4

域　度

可以成为手电筒

照亮夜间的路

可以蹲下来，让你踩其肩上越过墙

可以相扶着，走出沙漠和沼泽

也可以成为沙漠和沼泽

会突然壁立

成为你的万水千山

和虎狼

让你看见

他刚刚撕裂猎物。他的手

如果想撕碎你

仿如撕碎一只雏鸡

2021. 11. 6

土　地

麦收的喜悦伴随着感恩
在盼望中到来
母亲总是先将最饱满的
还给亲戚和邻居
是他们慷慨的接济
使我们家未曾断炊
又将最饱满的部分奉养奶奶
然后按日子计算，分配续命的口粮
但母亲似乎从不曾觉得亏欠土地
春粮收了，又奉秋果
就是这一亩三分的土地年复一年地
养活着我们全家
现在，父母走了
房子塌了
只有养我长大的土地还在
坐在童年常坐的地头
满目狗尾巴草、塑料袋
几朵稀疏的野菊，羸弱地摇曳
大垛的水泥码在田坎上
小鸟的啁啾声
即将被机器的轰鸣取代

2021. 3. 5

古 井

它收藏过的面容，
如果打印出来，
一定有族谱也不曾记载的祖先。
几乎，整个村庄的人物和历史，
都在水面浮现过。
荒芜的年代，大地干裂，
颜面枯槁。
井边总是翠绿和湿润。
从晨曦初露到晚霞浸墨，
扑通扑通的打水声不绝，
而井水的海拔不变。
它的深渊里藏着全村人以及牲口的命。
年幼时，我常在井边玩耍。
低矮的泥墙土瓦，村庄隐在杏花底下。
白鬓回乡，
高大的水泥钢筋丛林，
取代了杏树和樟木。

2023. 3. 4

下雪了

你转身将房门紧闭
拍拍身上的雪粒
摘下帽子
一家人围在
橘红色的吊灯下
而一些人却要送新亡的亲人
去墓园
父母的墓上，积雪
总比别处厚些
这么多年，世间的雪
教我认识寒冷
母亲教我绝不能雪上加霜
而佛陀说：
从没有一粒雪落在心上

2018. 12. 3

炭化的谷粒

——在良渚

谷粒舍不得腐烂
炭化的谷粒
我想跪下来，尊称您为祖母
您的儿孙在大地上
被割了一茬又一茬
其中一些在我身体的田地中继续生长
我的身上，也有众多的河流和土丘

如果，将吃下的稻谷
——还原
插回田中
那是怎样的田野
怎样的丰收在望呢
喂养我，终何所图

2023. 4. 18

虚日如是度

清晨焚香诵经
早餐后清扫居所
写作、散步、听讲座、看风光片
午休
下午写作
散步，听讲座，看风光片
晚饭后凭窗远眺
听鸟鸣，看落叶、夕阳西沉
晚上看风光片，打坐，入寝
无梦
或一切皆梦

2022. 4. 4

放松术

这世间无论有多少根绳子

多少你呕心沥血吐露的蛛丝

多少你独臂成林支撑的华盖

请坐下来

闭上眼睛放松一下

就像你从来没在世间经历过那样

就像你从来未曾出生那样

放松下来

将筋骨松开

将呼吸忘掉

将念头歇下

让脑子的屏幕断电

不再放映

这时候你的感觉

是全方位、全息的镜子

这时候尘世已然消失

量子网络崩塌、互联网失联

茧破蝶出，而蝶身无形

唯有美妙的觉知存在

2022.8.13

以镜子为伴

也许，我们都应该搂着一面镜子
睡觉，看看梦中的自己是谁
搂着镜子吃饭、走路
看看自己的所思所想

以流水与死亡为镜
以身边的你为镜

作为这一期生命的侣伴
亲爱的，你若没有变好
那是因为我这面镜子，不够光洁
我感到羞愧

2019. 1. 2

收回曾经掷出去的刀

曾经通过眼神、话锋和愚痴的行为
掷出去的刀
而今收回
曾经掷出去的刀
仍在时空的某处飞
但愿它不曾找到你
不曾划破你
不曾深刺你
但愿它刺而无痕
像一种粗浅的阅读
但愿它划破水并在水里洗净
但愿慈悲的波澜，因全然原谅
而在夕光里琴瑟和鸣

2021. 7. 2

安　详

安详地居于自身之中
安详地居于广大之中
安详于一切劳作中
安详于驴中、马中
风雨中、烈日中
蓬勃和枯萎中
安详于无念中
即使以乌云为命
也是居于无垠的湛蓝中
柳月如镰
与清风、光明为伴

2021. 3. 16

保 妊

妇女们用上天赋予的子宫
为尘世产下
世界的可持续婴儿
然而，一切生灵
都在保妊中
真正的产房，是在临终之时
有时候，天空会下一场雪
为大地铺上白布
让我们分娩
有时候，是海的蔚蓝色波浪
做好了接生准备
绵绵草地、悬崖峭壁、茅舍寒林……
世上无一处不在准备接受我们的新生
关键是我们是否真正用心地——
以漫长的一生
化育自己的一个叫灵魂的婴儿
或许死和生的落差只是
脱下冬衣换上春装
然而，兄弟或夫妻的分道
有时
不只是上下两列梯子

2022. 1. 10

暮 年

一想到一生将尽
父亲就无比悲苦
一想到死后不知去向
父亲就一脸迷茫
世上的美好已不能安慰他
财富仅仅增加了他的不甘
而对儿女的爱，此刻成为他痛苦的根

一想到还有来生，母亲就比较坦然
一想到一切只是场梦
母亲会心地笑了

2020. 5. 9

老人的时间

雪原一样辽阔的白纸上

写着早餐、中餐、晚餐

中间是长长的横线

夜晚是比一生还长的横线

八十年的时间

母亲填了"奔忙"两个字

现在，这两个字脱兔般

逃走了

视力衰退

母亲无法再以双手在时间中抒写

但我知道母亲的心和脑子

仍在填空

母亲啊！再不要在那儿写着儿孙儿孙儿孙

用这余下的时光清扫

累历的炎凉

重回湛蓝或纯白的源头

要带就带一轮落日

母亲啊，一切都放下

提着这盏灯回归吧

2021. 11. 8

脱衣服

要在咽气之前给父亲沐浴更衣
我一边脱一边劝父亲放下
爸：这件是头衔、名声
第二件是银行存折、房产
第三件是亲朋好友以及您爱过的环境
爸，一切都要放下，安心地走吧
第四件是这个身体和儿女
我知道：我们和他的身体是父亲的壳
生龟拔壳
我早已泣不成声
但愿这世间未能将一切没收
但愿父亲尚有我们不能脱的
衣服、不能剥夺的储蓄：
比如善业、爱和满天星斗

2021. 12. 2

自题一幅蜡笔画

一个小山坡

一间矮房子

一扇棕熊撞不破的木门

一片柳芽顶着的月亮

怎么数也数不完的星斗

天空未必似穹庐

有时倾斜

像一面陡坡

星群叮叮当当

银子般倾泻

还要一些流水

不急于归海

一些虫鸣

听着就好，无须阐释

一些草自荣自衰

不必施肥

落叶舒缓

晚霞中回归故土

风直来直去

入无人之境

2022. 4. 2

窗玻璃

暮色四合时，这扇玻璃变得其妙无穷：
从外朝里看，我看见了一片葱郁的树林
月亮、蓝空和飞鸟……
从里朝外看，一台清晰的电脑屏幕
互联网上无奇不有的事物映现其中……
暮色加深一层，一切则消失殆尽
而在明亮的白天
玻璃，玻璃样透明，内无一尘

——万物经过我的心
就像经过这样的一扇玻璃
而另一扇时间的玻璃也一定如此收藏过我

2018

种　子

父亲在田里仔细挑选
饱满的枝头
剪下来。
挂在梁上。
然后才收割。
这些谷子
与其他谷子的命运
因此分别开来。
来年春天，父亲开始育秧
它们都将发芽，成为好苗子。
它们将重新经历烈日、干旱、风雨
洪涝、虫灾、农药、成长……
如果有一束遗漏，未能及时育秧
它们将陈旧，再不能当作种子。
为此，父亲内疚、婉惜
仿佛亏欠这些谷粒整个人世

2023. 5. 19

流水迂回，如一根哈达

流水迂回，如一根哈达围绕
草木葱茏的小区
宅门打开，玄关和玉璧后面
木楼梯盘旋
带着四周豪华的装饰、灯光
有如满身星辉的银河
腾升
来到了二楼，雕琢的木门开启
别有洞天的顶上花园
凉亭和茶座掩映在绿荫中
四季的花草，如轮值的保安
最后写到了屋子的主人
关于他们的感情
一首华丽的诗快要读完
为她的结尾悲伤。真悲伤！

2023.5.25 于温州

你着眼的人世

亚运会在即
河岸需要装饰一番
可以想见：非洲菊、一串红、大丽花、木芙蓉……
竞相绽放
你从那儿经过，发出赞叹
你的目光磁铁相遇般，在那儿停驻

而掘土、种花的妇女
不知归处
她们比母亲年纪还大
应该称得上祖母
雨后的绿化带，泥泞一片
手握小锄头，她们蹲在那儿
路边木椅上放着她们自己改装的手提包
那是盛过化肥、农药的纤维袋
剪掉大半截，再钉上布带子
她们喝的水、食物，装在袋子里

石条铺成的路面异常光洁
与鲜花相映
这是你看到的风景

2023.5.21

第二辑

山水的教诲

暮色中的草原

两匹马面对面的剪影
像一对静物
无数匹马，一动不动
头低垂
鬃毛是垂挂的铜丝
皮肤是锈了的古铜

夕光在山顶展开
巨大的殷红色光扇
羊群和草尖以及飞鸟都镀上了金边
马古铜色的脊背有光线
正在撤退
回到幽暗中

许多事物以幽暗为家
月亮尚未升起
在这巨大的明暗交接的静谧里
唯呼吸轻轻，在时间中弹奏
万物都在弹奏着时间这根琴弦
并希望自己永远弹奏下去

2018. 8. 19

白 云

白云安闲的样子
让人误以为天空是一个牧场
仿佛，那儿不曾有风
它们也不曾飘泊
它们只是随意地吃草或撒欢
或变形。轮回是相续的游戏
刚才还是人形的那朵
转眼变成了羊

一个牧羊人，手举转经筒
迎着旭日诵唱
天空又仿佛湛蓝明净的经文

可白云的白、蓝天的蓝
都是我未曾抵达的
站在山巅
我也轻声地唱诵
我要一心奉请整个天宇
以及万物
安住于无垠的内心

2018. 8. 20

郎木寺

一座金莲花般的寺院
与它脚下绵延起伏、浩大无垠的草地
浮现在心上——此刻，只要回想
宏大、雄浑、雨丝般的梵唱
也会随即响起
金顶上空的云团，仿佛黄龙的积雪飞驰而来
正在寻求一条与焦渴的唇舌间的直航道路
它们投下飞天的影子
其中一片裙裾曾拂过我含泪的心
百米开外，白龙江滔滔流淌
不远处，若尔盖花湖涟漪不息、新爱般荡漾
缤纷的花草与天边的彩虹，是两封相互倾诉的情书
而我日渐陈旧，将要在人间过期
我正合掌从一个侧门进入
绕佛一圈
从另一侧门出来
有如经轮上的沙尘，被流水冲刷
一次，又一次
淙淙清流不倦，转动着
经轮、落日，以及牛羊般低垂的满天星斗

2020. 7. 7

夜谒黄河

——给凌云

在贵德，我看过年轻的黄河
铁青色的卵石上流淌着初融的雪水
映着白云、星光、摇曳的柳影

来到兰州，夜晚的黄河变得璀璨
一条巨龙，闪烁着七彩龙鳞
炫目、梦幻、迷醉，罂粟盛开

壶口瀑布的轰隆声，突然响起
从微醺中苏醒，我
浊浪里的一颗沙，渴望
沉下来。抑或返回雪山中

2020. 10. 19

黄昏，西湖边小立

站在湖滨向西望去

涟漪从脚下一直涌向

彼岸的山峦

那淡淡的线影，远山的轮廓

只是更高一些的波浪

夕阳又红又大

被紫雾包围，徐徐，不忍下坠

在湖心射出万道金光

各式船舫在光芒间悠游

鸳鸯戏浅湾，白鸽翔船顶

紫的波光、红的波光、白的波光

粼粼不息

柳枝镀上了金边，垂挂四周

有那么几秒钟，我凝思远眺

白垩纪时代，火山喷发的滚滚岩浆

正涌向眼前的地表

以致塌陷下去，接着海潮

涌入。撤退。沉沙成堤

后来白居易筑堤防涝

苏东坡清淤堆堤，一举两功

南宋皇家画院的高士们

正在画布上为山水命名（西湖十景）

柳永酒醒杨柳岸、晓风残月

张岱孤舟一介，前往雪中的湖心亭

还有革命志士

……太多太多

再低头凝望时

西湖的涟漪仿佛一张一张

先贤的脸，他们的笑、他们的皱纹

并非鸟过无痕

西湖实则是有记忆的铜镜

历史人物面影的博物馆

湖岸的亭台楼阁、草木瓦石中

埋藏着太多不休的证据

只有平庸如我者，将春朝秋暮

一帖时光的图谱，葬于莲花根底

2020. 11. 12

草为什么活着

凡是人需要的好地段

草都让位了

凡是牛和羊……一切动物需要吃的

草都伸长脖子

悬崖峭壁、盐碱苦滩、沙漠绝地……

一切可以扎根的地方

草都扎根

2022. 3. 19

光　线

太阳越过高楼

曛地照耀一秒前尚在阴影中的

小河、河中的水葫芦、河岸的各色树木、花草

以及河边石凳上黑猫似的我

身后，一株叫不出名字的小树

正在开花，香气弥漫

我平静地坐在树下

面前，河水微澜

白鹭静静地立在水中

它的羽毛因阳光的照耀更加洁白

仿佛有一些反光，回照了太阳

草木叶片上闪闪的钻石般的光芒

反射向四周

也来到我的瞳仁中

2020.11.9

白玉兰

—— 给心木和扶桑

一层清亮的积水在花瓣上
玉兰树下双手合十
为这一树的纯白
酥油灯盏般静静、虔诚的燃烧
为它不带一点私欲的盛开
为它一如的表情
为它白玉般完美的不会斜睨谁的五官
一个捡垃圾的老头斜靠着树干
为它的接纳
阳光照耀枝头
白玉兰有了雪的反光
其中一些光斑洒在我和树下的老头身上
还有一些路人
也分享了它的慈悲的馈赠

2021. 3. 2

裸露的河道

它的纵深和蜿蜒，表明
河水曾在这里长久而深情地
陪伴过
此刻，它是干涸的一部分
裂痕纵横。一阵风吹过
飞旋的砾石击打两岸峭壁
沙尘弥漫。像一个人在回忆

而只需一场倾盆大雨
一场雨水的盛宴
河水会找到旧路
野花会开满山坡
诚如伤痕，获得彻底宽恕
转化成了馈赠与护佑

2020

未知的幽潭

无论如何
你描画不了一条小径
描画不了我如何走过去
又返回
一只松鼠如何从一根枝条
跳到另一根
白鹭为何总在河流上空
无声地飞落
蚯蚓怎样从泥土里钻出
来到炙热的路面
石缝间，长绳般的蚂蚁，为何集队
甚至我自己也不知道如何
来到小径尽头，又返回
想了些什么
紫薇和蝴蝶
耳语了什么

一条小径只在觉知的瞬间
如一尾鱼脊浮现
接着又沉入未知的幽潭中

2022.9.8

小　径

深埋于高楼之间
旁着一条绿枝披挂的河流
我来到这条小径上
体会着脚底触地的感觉
透过初绿的树叶窥视天光
驻足，长久地观赏松鼠
两只或三只追逐
雀鸟一对一对的盘旋枝头
或潜行于灌木丛中
鸽子带着寂静的气场
在草地上漫步
白鹭蹲在一块石头上
像另一块沉睡的石头
突然，它展开双翅
飞到阳光下
翱翔的白色带动河流上空的气流
似乎波及了我
一种心底深处破冰的感觉
传遍了全身

2022. 5. 19

一小块空隙

左边是青葱的鹅掌楸

右边是高大的水杉

后边是三株或五株长在

一起的香樟树

前方有杨柳、银杏、槭树等等

参天的乔木下方有桂树、含笑、南天竹……

石榴花正盛开

阳光从头顶倾泻

一小块空地金黄色的

仿佛你繁重的人生里

一小块透光的空隙

一个私密的神位

落地的神

忙碌与辛劳围绕着它

寂静和茂盛在生长

2022.5.20

河流的命运

一条河流养育了多少生灵

改变了多少苍生的命运

它不知道、不屑于去统计、去回想

一条河流掌管不了自己的命

河岸灌木丛悬挂的塑料白幡

天天举行着流逝的葬礼

它既服从于自然，也服从人力的安排

甘于曲折、拐弯

人们让它改道，它就改道

它甚至无法洗净自己

人们让它变黑，它不得不黑

但它有不屈的方向感和自净本能

谁也动摇不了它向下、向低处的决心

仿佛低处有它待哺的婴儿

它昼夜不息，顾自荡漾

将人们强加给她的尘渣送回泥土

穿过夜的漆黑隧道，放下一路的辛酸

在黎明的入口处泪光闪闪，泛着母性的光辉

2017.3.9

花

还是花的形状，但行道树以及花瓣的
色彩已褪去。暗淡的黑白影子
——灰塑成的世界，展现在
极端的悲伤和绝望中

当我再次看到绿，以及红、粉红、淡紫
我给一个修行很深的朋友打电话
她说"你从地狱回到人间了"

看花，只是看
并没有太多的喜悦
真正的花开在心里无垠的湛蓝中
当我静坐、向内凝视
山河蒙太奇般展开
欢欣难以言喻

一株花
一株你我都认识的花
来到各自的眼里
它的色彩已经被我们的心过滤和创造

2023. 3. 4

青海湖·蓝

青海湖有一千道蓝的重门
我却是她眉心唯一的白：
一颗无法以泪水溶化的盐

青海湖的蓝　是我的缄默
我眼睛里的火焰
我一声一声无声的呼唤
青海湖有多少涟漪
我心上就有多少皱纹

蓝色的身躯歇在褐色的土地上
我多么希望蓝是一个动词一种速度
以渗透的过程将褐黑灰白
……合而为一

2000

茶卡盐湖

盐擦洗过镜子

顺手把天空也擦洗了

擦洗天空的白丝巾

晾在空中

蓝和白组成的寥廓

鸟在落霞中飞过

抬眼望时

我的眼也被擦洗了一下

低头照见鬓丝如盐

含垢的心多么愿意

浸在水中

使劲地擦洗

如一口陶罐，被擦得锃亮

胡杨叶子

它们告诉我们确实有一种速度
可以同时到达辉煌的顶点。
就像一百万个快递员
以同样的速度运送黄金到枝头；
太阳君临上空
均匀地分发他的火焰。
安静的火焰
被微风翻动，荡漾着光芒。
曾经，你的心中有过类似的爱情；
曾经，你的生命停驻过这样的枝头。

2023. 5. 15

太阳，栖在枝丫的瞬间

这棵碧绿的杨树刚刚产下殷红的蛋卵。
刚刚孵化
扇动着金色的羽毛。
被一片叶子绊住的雏鸟
飞不起来。
它不想飞起来。
让距离忘掉一颗巨大而滚烫的天体吧！
它栖在绿叶间，顺从而安宁。

2023. 5. 15

暮晚，森林边听鸟鸣

它们全都欢叫着冲进夜里，
仿佛黑暗是迷人的乐谱和宫殿。
跳动的小小心脏，弹奏着舌头的琴弦，
沉浸在活着的言说和欢娱中。
难以企及的神秘语调
传到我的耳朵，
却仿佛一根一根划亮的火柴，
卑微地竞相闪烁。

2023. 5. 15

接力的蓝色波浪

孔雀的蓝羽毛

组成了队伍

长长的接力，运送什么呢？

一朵雪莲缓慢的孕育、绽放过程

它们一点点运送着消息。

白云连同星光

它们复印下来

它们想把星空

运送至您的头顶。

鸟的影子连同它的鸣唱

也很快被运走。

它们最愉快的样子

是滚动一个红色车轮

将光芒分发。

当然，它们也乐于运送

一尾鱼、一只虾，甚至蜉蝣

一叶孤舟

到彼岸。

它们说运送多么愉快！

来吧！你可能忘了

你是其中一环。

2023. 5. 15

冰 川

一场又一场的大雪，堆积起来
如果你愿意忽视寒冷
很可能，世界最洁净的部分
就在这里积存成仓库。
就像你命运里的一场又一场严寒
终于凝结成了骨头里的雪。

2023. 5. 15

镜头里的芦苇

一根芦苇在天地间。
一根头顶夕阳的芦苇，
一根弱不禁风的芦苇
没有那么弱不禁风。
它顶着车轮大的夕阳
站在波光粼粼的水中。

2023. 5. 16

垫状植物

　　　　海拔四千米以上
　　　　流石滩中
　　　　它们以自身的绿色
　　　　告诉我们：矮小是一种拯救；
　　　　匍匐和抱团也是。
　　　　把分枝紧紧收拢在一起
　　　　点地梅、垫紫草、雪灵芝
　　　　在极寒的砾石滩中
　　　　酿造春天和奇迹。
　　　　积攒每一滴水、每一缕光线
　　　　每一次的绽放
　　　　都不亚于一声惊雷
　　　　一座生命的火山爆发。

　　　　2023. 5. 16

运河散章

1

一根纤绳穿过春夏秋冬
拉动大地这艘旧船
将公元 603 拉向公元 2022
将旧人间拉向新人间
两岸水淋淋的灯笼、倒长的高楼
成片的桃花、小麦和油菜
粉墙黛瓦的村舍、麻花般的炊烟……
运河更像一驾马车
拉着辽阔的江山去时间的大海

2

夜色是最好的泥土
如果你在那儿种植
运河两岸
我看见一垄一垄的灯
长出不可思议的枝叶
河道树新婚般温柔
时间如流水潆洄

燕语呢喃的情侣们

用微信发誓、支付宝消费

这是春天的夜晚

一场松花粉般的细雨

湿润了所有的事物

青苔的双唇刚刚苏醒

你石头的心就要变成绿丝绒

晚樱、杜鹃、蔷薇和广玉兰

一层一层地解开纽扣

把枝头当成闺房

空气的清香令人微醺

唯河心的船只

载着尘世的重负

河水滔滔

无名水滴们无声地运送岁月入海

肩上扛着石头、沙子和水泥钢筋

拱宸桥几番坍塌、几番集资修建

让我看见众多谦卑者

躬身成为桥

石头的坚硬里有震颤的鹊翅

3

恣意漫溢的运河水

像铺展开来、风中抖动的丝绸

更是一匹超大的水马

驮着摇摇欲坠、又生生不息的江南
"星汉灿烂，若出其里"

空中俯瞰，江南是一片叶脉纵横的
绿色叶子
稍稍放大开来，则是一张巨大的水网

4

许多的命建在它的微澜和波涛上
一对小鹧鹕
在河边的草丛中生儿育女
母鹧鹕气宇轩昂，像一艘航空母舰
背上趴着四只待飞的幼儿
螺丝与龙虾庆幸自己找到一条好缝隙
一根青草探头摇曳演示了卑微者的欢欣
青苔以慈母的耐心为孤独的石头
缝制一件绿衣

5

夏日的夜晚
所有的风都疲惫了
柳枝一动不动
月亮搁在柳枝上方一动不动
一些云影像真丝睡裙

被偶尔掀动一下

运河一动不动

似乎彻底忘了如何将隋炀帝

从皇帝的宝座拉向一处草冢

也忘了有多少良家少女

逆河而上，掀起命运的狂澜

6

香积寺在运河边默立千余年

船来船往

浪涛在人心上起落

香积寺要坐落进你的心里

成为平安的压舱石

而这块石头真正的本质是你的心

她本该喜悦轻盈而安稳

7

缓慢或急速的拐弯

多像母亲俯卧的佝偻之身

母亲说："你看啊，这一侧是窄角

而另一侧却是广角"

8

万物有通道
当机缘成熟
于某一神性的瞬间
闸门开启
载着真诚而欢乐的浪花
一条枯河会瞬间盈满
在两心间汨汨

9

你的生命
一支眼泪一样细小的运河
底部有一些淤泥、一些枯草、一些菌虫
但流水清澈
能照见棉团一样拉长的云丝
突然，泥鳅翻了个身
激起短暂的浑浊
流水需要一些时间用来沉降
接着，又有不知名的蹄子蹚过
流水需要更多的时间沉降、自净
重回澄澈

10

每个人都有自己的运河
运送命里的煤炭、粮食和泪滴
尽管起点已被规定
但我们自己挖掘并亲自设计了
河床以及它的九曲回肠

我的祖母，她脱光了牙齿的笑容
被印在杂志封面。其实
那是封底。八十八岁
她的人生只剩下这一脸笑
她的运河曾经给她运来十一个孩子
又运走十个。运来两个丈夫
一个不剩
这十一分之一的馈赠
已令她全身心地感恩
她活得如此无憾、无忧
像浑圆的落日，将息于波光微荡的河面

11

缓慢的河水载着天光云影
也载来了——还原的岁月中的自己
一支波澜长长的队伍

有一些异己的浪花
她们是我的昨日
我的犯罪者、悔改者、觉醒者
而此刻，月光下的老者——
既是审判，又是曾经的同谋、怂恿者
教唆犯

愿她们全都改过
成为虔诚的祈愿者、诵唱者
就像青青的麦苗向着阳光奔赴
数滴浊水回到大海，共构水天蔚蓝

12

四面高墙
中间一张方桌
与之对应的是一方窄窄的天空
我惬意地将身体藏进这方隐蔽的小天地
涛声以及机帆船的轰鸣全在墙外
当我坐下来，目光往内观看
当所有的念头都止息
墙不见了。身体的栅栏也消失
随之看见的是无边无际无任何形象的心
突突突的机帆船在心上轰鸣
百舸争流
而心是寂静的

13

北风掀动着水面
细碎的波纹里
万物慌乱
柳枝的青丝、水葱的容颜
即将被收回

而水迎来大面积的沉降与自新
浮云和残渣
快速入河底
唯月亮洗了又洗
晶莹光洁
天地一心

14

大雪将一切覆盖
仿佛洁白的羊绒毯子
万类安眠
唯运河醒着，坦卧于天地间
像磊落的裸心和无愧的岁月
月光中漾开的涟漪
对得起这些无声流淌的苦水
仿佛唯低处为安宁

唯流逝是欢娱

15

燕子剪着雨丝
柳芽冒青
暖风自东海来
白玉兰像是你的体内
取出的雪
一个沧桑的老人又是一个清新的人
他站在河边
这一次看到了船只逆水而上
将流逝的一切拉回源头
是要将整个春天重新安置于苍茫的大地

2022. 1. 18 至 9. 19 于杭州

第三辑

我在你的眼睛里看见了三月的溪涧

为母亲洗脚

雪融

檐雨如线

一家人坐在屋前晒太阳

我端出一盆热水

将母亲的脚放进盆里

"烫吗？""不烫"

母亲的语气像垂柳

蹲在母亲膝前

将母亲的脚擦干

抱在胸前

修剪脚趾甲

抬头，梨花正开

苍穹深蓝

溪水叮叮咚咚

我和母亲都微笑着

心里溢满

——行将永别的痛苦和

阳光照雪的温暖

2011

爷孙图

他的干枯如一株柴根
挖出来很久了
他的眼睛，两个一大一小的窟窿
白内障遮住了整个眼帘
颤颤巍巍，衣襟上满是饭菜的汁痕
左手荆条般下垂
右臂膀着一个英俊的少年
长睫毛下，黑珠子忽闪忽闪地明亮
两个小酒窝露出细白的小牙齿
"爷爷，我考一百分"
爷爷咧开嘴笑
涎水从口角流下来
滴在少年的手腕上
少年笑了笑
擦在胸前的红领巾上
忽然欢快地跳起来
斜阳照着他们
长长的背影
仿佛地平线上
一对相依的恋人

2013

给三岁的小渔

从幼儿园出来
我喜欢沿着上塘河
曲曲折折地回家
早晨九点至下午三点
无须照看你
也无任何东西照看我
流水一样自由地
在这条长满青苔的小路上
任何区块链都链不到我
我喜欢这草木和流水低回
人世将我短暂遗忘的宁静
阳光从高楼和树叶的空隙
漏下来，像极了你的笑声
你长睫毛下调皮的眼波
你裙子上飞着的蝴蝶
你狡黠的还没有完全学会的谎言
给我的孤独
洒上了些许明亮的光斑

2019. 10. 28

上 师

——给小渔和小煦

我的暮年，与两个幼童日夜相伴
他们教我如何将时光花在有效的事业上
以甘蔗拔节般的身高，向我昭示
时间的存在
这是一种至善
尽管，我以不断增多的白发
昭示自己的时间
但我从他们的瞳仁里学习
如何退步
我们像两列相向的火车
他们正出发
而我徐徐进站
感恩这短暂的交汇

与此同时
我在自己的时光里铺设
双向轨道
一列供躯体前进
另一列供灵魂后退

2021.6.1

暴风雪

—— 给小渔

你戴着帽子，围上了围巾
只露两个眼睛看雪花飞舞
母亲搂着你，父亲用双手暖你的脚
可是麻雀谁疼呢
撒在地上的麦粒以及草丛中的虫子
都被雪盖住了
当你穿上靴子，拿着铲子
到园子里堆雪人
我悄悄地将两只麻雀的尸体
埋入了冬青树下的泥土中

2019. 12. 16

看月亮

——给小渔

晚上十点

小区安静下来

你已松开发辫，换上睡衣

阿奶提议：我们去看月亮

手拉着手，我们来到阳台

仰头，你长睫毛下的眼睛

月亮一样又圆又大，了无阴云

米兰散发着浓郁的香气

我们就这样静静地看着月亮

手拉着手

一生如此漫长，但似乎

阿奶只看过两回月亮，一次是

今晚，在忙完一天之后

另一次是在我的母亲忙完一生之后

我扶着她，在寒凉的秋夜

我们也是这样相偎着

月亮像钟摆，传来告别声

2021. 6. 24

我在你的眼睛里看见了三月的溪涧

——给三岁的幼儿们

清亮的涧水

在铁青色的卵石上跳跃

新生的柳叶

倒影在水波里翻动

沿途的草木都长出了根和羽毛

蒲公英的种子举着打开的

降落伞，等待经过的风

昆虫化蝶

成群的蜜蜂忙着酿蜜

你看见世上的女人都是妈妈和奶奶

世上的男人都是爸爸和爷爷

所有的孩子都是花蕾

而长大就是开花

但愿成人的世界与你相隔

不仅仅是岁月的栅栏

2022. 3. 20

行道树下的父女

行道树下走着一对父女

宝贝有些憨态、微胖

小馒头一样的双手，竖起一个手指，口中喃喃

说着只有父亲能听懂的语言

父亲俯下身来，凝神倾听

脸上充满欣喜

天空瓦蓝，阳光热烈

风摇动枝头，喜鹊上下跳跃

有那么几分钟，宝贝被喜鹊的投影迷住了

咯咯咯地笑

接连几日，我都看见这对父女

形影相伴

中年的父亲，像公主膝前忠诚的老奴

时空中有深远的倾听与被倾听

2020. 7. 19

良 言
——给冉冉等朋友

赠我良言
你边说边慌乱
你是怕温柔的杨枝
也会变成伤人的柳叶刀
而我笑了
我感恩于这天地间
最珍贵的金子
你是想把你胸腔里
蕴藏的财富都赠予我
你焦急
恨不得亲自在两个仓库间搬运
而我，首先得知道
我胸腔里的容量，是否与你的赠予
真正地匹配

2022. 2. 17

回头看

回头，会看见遗漏之物
回头，能看到几丈之远
即使没有任何障碍物
即使借助记忆和线索

但行者穿越此生
回头，看见驴我、马我、狗我、猫我、鸟我、虫我、国王
　我、乞丐我……
将生生世世的我汇集，即是
这地上，无边无尽的苦难众生

2021. 6. 23

群　母

迎面相逢
她穿着白衬衫
身材矮小，眼角向下耷拉
但眼神安定，略带一丝忧愁
仿佛我的某件事仍悬在她的心上
我们缓慢地擦肩而过
有那么一瞬，她用母亲的视角
看了我一眼

拐了角
在另一条街上，远远地
又看见形神像我母亲的母亲

在菜市场、在公园和街头
我看见许多像我母亲的母亲
竟一时愕然，感觉世上走着我的群母
一如经典所示：她们、他们和它们，都是曾经的我的母亲

2021.6.22

再　见

父亲的床和母亲的床，排成 7 字形

床头靠着床头，为了说话方便

母亲得病时，父亲尚生龙活虎

现在，父亲抢在母亲前面

他要走了

父亲一生受母亲悉心照料

或许他是忍受不了没有老伴的日子

急急地，他要走了

他的兄弟和儿女们都在床前

我抚摸他的胸口，他示意这儿疼

他的呼吸越来越吃力

越来越慢

全屋子的人不说话

全屋子寂静

落泪声像一场夜雨

母亲忽然挣扎着爬起来

妹妹扶着她走到父亲跟前

她说："兄弟啊！我们就此别过，来生再见"

2022. 10. 12

母亲的最后时日

将母亲抱到椅子上
庭园里坐满了人
八月的乡村夜晚
星群像低垂的葡萄串
房前的玉米叶子摩挲着
母亲说："空中有许多七仙女"
母亲又问："什么时候在这里种上了花?
一大片花"
母亲抬头向着天空
说完这几句后　再没有说话

我感到安慰
虽然这是止痛剂的副作用
但母亲没有在幻觉里看见
厉鬼和送葬队伍

2011

母亲临终

母亲昏迷　全身灰暗
唯留细丝般的呼吸
兄妹们轮流守在床边
三天后
忽见母亲脸色转红
我欢喜中带着惊恐　含泪呼唤
抱起母亲给她喂水
母亲能咽水了
——我对这神奇的一刻充满感恩
顺手又把糖水递给了弟弟、妹妹
让他们分享给母亲喂水的神恩时刻

母亲在喝完儿女们每人两小勺糖水后
面色转青
兄妹们低低的落泪声，扑簌簌
窗外苦楝树上一动不动的猫头鹰
盯着冷冷的庭园

我们围着母亲的身体
以为这就是母亲

2011

离去的父母

我仍在书写着他们的过失
罪行和功德

他们将房子让了出来
将床让了出来
将自己的身体让了出来
仿佛整个一生都是租用的

我是他们留下的爱
一点薄银
无论怎样积攒、充盈
都不足以还清这个世界的租金

2011

生死别

—— 给亡弟

3月5日凌晨，夜色浓稠
我们列队，面朝谷口，等你
天亮时
你从山中被抬出来
大雨淋着你僵硬的身体
也淋着山坡恣肆的桃花
你脸色蜡白，伤口鲜艳
我一遍一遍抚摸你
仿佛这样抚摸，能减轻
你的疼痛。我用身体护着你
跟你耳语
怕另一些人当你是无知者
久久地
我们将你扛在肩头
仿佛这样扛着，你就不会
变成泥土
你的弟兄们抱着我号啕
告诉我，你存活于他们中
他们也是我的亲弟弟
雨水将我们的哭声
淋成泥泞，浊涧横流

六十二岁的大哥，忙着给你找坟地

你妻子茫茫然坐上公交车

但不知要到哪里去。忽然想起

百货大楼有一件你喜欢的衣服

她去付了钱

你读高一的儿子偷偷拨通你的手机号

背对着我们。转过身来时，向我们笑

我们，像是你在世间的遗物

紧挨一把空椅子。无人认领

2014. 3. 24

群 山

——清明节，祭亡弟

群山缓缓移动
像一艘旧船
我和你，坐在同一排座位上
四周的窗户
朝向原野而不是朝向波涛
这使得这艘大船十分平稳，似乎没有移动
也没有方向
但我们知道它将带我们走

多么好啊，我们只要将自己交给它即可
不用做任何选择，这个静静的下午
无思无欲，也没有语言
我的脸上，泪泉无声奔涌
灌溉生，也灌溉死
有很久，我们不曾这样亲密地挨过了
仿佛回到了共同的母宫

傍晚时分，我起身
你睡着了，睡得很深——
曾经最不安分，最热血沸腾的少年
现在成了我们家里最安静的一个

永 生

我们的故居

村口的两间瓦房

现在是一小片空地

有一个网织的围栏

里面关着鸡鸭

可是，只要我在时间中

稍稍往后退几步

就能看见您坐在石阶上

将父亲穿破的裤子

反一个面

重新裁剪一下

成了我过年穿的新衣

只要我再往后退几步

就能看到泥筑的灶台

您将玉米糊盛在我们碗里

再往锅里加水、加番薯藤叶给自己吃

苦日子也能熬成蜜

流进我们的记忆

在什么都缺的年代

我们唯一不缺的是爱

人生露水般短暂

您却永生，母亲，在我们心中

2022. 5. 16

第四辑

同 体

母海狮

我的心与被剥了皮的母海狮一起
从刀下溜出来
我们正在赶回巢穴的路上
鲜血与乳汁一起喷涌
我的心与被剥了皮的乳头一起
塞进待哺的婴儿的嘴中
而我的眼睛看着这头母海狮
——永远地关闭了眼帘
她的乳汁慢慢变凉

2012

鸟　语

我坐在树下专心地倾听

一场华丽的音乐会

内心深处掌声雷动

鸟的王国不像人间充满辛酸

仿佛只有喜乐没有悲伤

但转念之间，我又不安

我怕自己本是听觉和情感的白痴

譬如邻人正举行葬礼哭声哀戚

我却鼓掌喝彩

鸟之哀声必不像人嚎

鸟之父母亦有命终

鸟之婴儿多有夭折

鸟之族群正在零落

而鸟之家国则破败已久唉

2012

母　象

万顷碧草变成了滚滚沙尘
大象们跋涉了数天数夜找不到一滴水
母象仍在努力给小象喂奶
它的乳房如沥干的口袋
跟着象群继续寻找水源
还是留下来陪伴将死的孩子
母象选择了后者
过了两天，小象停止了呼吸
但它多么温暖，母象一直舔着它
似乎在说，死亡落日般安宁
告别孩子后
母象茫然地独自走着
在空旷的无一绿植的草地上
像一堆移动的沙土
它走着
终于来到了黎明的草地
它的一只脚因为落入陷阱
而失去了蹄子
旭日金光万缕
它像巨大的青铜鼎
立在镜头前
失去蹄子的腿，空悬着

仍在滴血

滴血

2020. 1. 14

水　塘

仿佛一个祭台
全体向水塘移动
狒狒们先一步围住水塘
露出长牙，嘶喊着：喝水者死！
一只年幼的猴子被撕开来饮血
公猴们十分狂躁，扭打成团
羚羊的角绞在一起无法解开
鳄鱼与河马躺在河里如一堆堆泥塑
一只水牛在泥沼里越陷越深
只留脊背和头顶在烈日下
第三天黎明，狮群来了
母狮小心地绕过泥沼来到水牛对面
扒下来咬住水牛的鼻子
小狮们静静观看
整个过程寂然无声

乌鸦在上空盘旋
数日以后，它们枯叶般
落在一堆白骨上

2013

驴

头低垂
鬃毛低垂
眼神低垂

眼睛里
水的喇嘛
低头赶路

仿佛更低的低处
有无上的神灵

2009

我家的猪仔

年边必定要杀猪的
母亲压低声音跟父亲商量着什么时候杀
我们听见了假装没有听见
因为怕猪也听见
尽管隔着厚墙
但猪还是听见了
它低着头，垂下耳朵
不吃不喝
我那时是怎样狠狠地嘲笑它
一个畜生
我到它的栏子前戏弄它
觉得它突然不吃不喝的样子可笑极了
然而，我至今记着它
仿佛它是世上唯一的猪仔

2012

同 体

我的爱人买了一条昂贵的披肩
它以珍稀的藏羚羊绒制成
买了一件华贵的大衣
它以同样珍稀的水貂的皮制成
他在我生日时作为礼物送给我
为此我应该感到高兴
但我的心感到剥皮时的疼痛
毫无疑问，我的爱人
将这种疼痛与珍贵的礼物一起送给了我
当然，我知道他只想送给我喜悦、虚荣与骄傲
——作为人类和作为权贵的双重骄傲
而把疼痛留给卑微者
永远地留在那儿
永远地不要到我的生命中
以及今后的轮回中来——
——我知道我的爱人如此爱我
可是这办不到
我的心感到剥皮的疼痛
即使没有感觉到
那疼痛也跟随着我
——那隐约的不知名的生命中的痛苦

2017. 5. 17

知　音

鸟鸣葡萄串般
带着光斑
似乎在赞美什么
又好像抑制不住内心的喜悦
歌声自然地漫溢出来
我不由得抬头
在叶隙间寻找它们的身影
由于叶子茂密
没找到。低头看见一只喜鹊
在草丛中
没有了内脏和胸肌
只留下湿浊的羽毛以及头颅

向往着它们的天空
同时将它们所有的鸣唱都听成欢叫
还以为有了翅膀死神就追不上它们
——我，一个住在摩天大楼里的妇人
以为自己喜欢它们就是它们的知音

2017. 5. 8

第五辑

超短诗

我

我是自身的经过者、爱恋者和舍弃者

骑　手

急促地在我的生命中扬着鞭

他是一个骑手

他一直催逼着我

很显然！他对离开我的身体没有信心

他想驾驭着我跑到终点

他不知道根本没有终点

不知道必须学习离开我

——做一个无须坐骑的骑手，放马归山

依然奔驰如电

自身的井

保存好这口井
细心地盖好
走路时听它叮叮当当
直至骨头成灰
仍听它叮叮当当
一直聆听它
守住它秘密的清洗

故　土

离开家乡时
我用红布包了一撮土
每到过一个地方
读过一本书，遇到一个心灵
我都往红布里加一些土
我要用一生的时光积攒我的故土
直至厚得可以将自己埋葬

缝　隙

在白昼和夜晚之间
一条静谧的缝隙
那清澈的湛蓝
仿佛将白昼的迷雾和
浓重的夜色滤去
只剩下纯净、不着一物的苍穹

在这样深的蔚蓝处
有白云的小凳子

秋　水

有时候你的眼睛出现了蔚蓝
有时候你的胸口出现了蔚蓝
有时候你的声音是更广阔的蔚蓝

——你想建立蔚蓝的寺庙
可你又是湖底的淤泥

沉渣泛起。黑白两鸟照镜子
一支青莲未出水

在自己的心内走钢丝

裂谷，越来越深的深渊
不断延展，伸拉着的钢丝
手中连一根用来平衡的竹竿都没有

寂静，万物沉寂，唯风呼啸
无人仰望，无人紧捏拳头，无人加油和祝福

命悬一线。用你紧咬的脚趾
弹奏吧

仅仅以开花作为目的

芙蓉花一直站在那儿
似乎一整年都在准备一件事
花谢了，它又准备一整年
再次开出来
我牵着三岁的小朋友
来河边
一次次从芙蓉花旁边经过
我说："仅仅把开花作为目的，你看这样可以吗"
"可以" 她说

把他看成新的

这棵古树的一大半枯萎了
把它看成逝去的昨日
但另一些枝条上有新生的嫩芽
你看，与旁边的小树叶
没有两样

时　间

以蚕食一片桑叶的方式
让你看见时间的消失
以徐徐打开的花瓣
让你看见时间是一种材料
而与你共度
我们都捧出了时间
一起制作了什么呢

皱纹里的鸟巢

脸，岁月的横断面
向海的峭壁
每一道沟壑里
都筑有岁月的鸟巢
成群的白鹭和乌鸦

或许，它们全都死了
但它们的亡魂伴随着风声
仍在那儿
半夜，我听见它们低低的鸣叫

未来的椅子

未来的椅子像我一样地死了
但它不一定像我一样地立即火化
然而最终它会回到无形
或许，我们会在那无形的世界里相遇
我无形的身体仍然坐在它上面
阳光穿过我们，那么透明
不占任何位置地
我们存在于我们爱过的家里

我们去过

我们去过不毛之地

哀泣之地

黑色的鸦阵曾经啄食我们的眼睛

黑色的血沿着血管奔流

但我们脱离了它们

我们脱掉了自己

像越狱者

——我们脱掉了那儿的天、地

像一件丢弃的黑衣

一件焚毁的

在那灰烬之上

我们活着并学会了安静

昙花般开放

这是我们身上唯一会开花的地方
这是我们身上反复怒放和衰败的地方
这是我们身上无限夸大我们的美丽的地方
这是我们身上反复埋葬和吞噬对方的地方

这是上帝和魔鬼在我们身上共设的窗口
通过这个窗口，他们遥控我们

山　坡

前半生已立满墓碑
后半生如空置的山坡
我是自己的祭扫者、耕作者
墓碑越立越多
空地越来越少
我要在自己身上种植什么
抓紧时间吧

诗歌有时……

诗歌有时先于我们到达某一驿站

如报信的鸽子

有时弃我们而去

永远地

——飞往不可知之地

我在自己的位置上

我在自己的位置上

蹲下来

蹲在陌生的和熟悉的事物中间

那属于自己的弹丸之地

安静，如一株狗尾巴草

那样摇曳

卑微而自在

衰 老

衰老就是失水
就是水从表皮向深处流去
堤岸干裂而湖水蔚蓝

假如我们拥有这样的衰老：
坐在涟漪不息的湖边
鬓发如雪，而眼神如黛

在早晨

将所有阴影删除
我替伤口原谅刀
替花瓣原谅西风
替碎玻璃原谅有意或无意的撞击
替美梦原谅醒　替醒原谅梦
……
光赦免了黑夜
空气中多了一些氧和鸟鸣

内心的林地

第一个土坑新鲜

有一棵树刚被连根拔起

残根呻吟、滴血

第二个土坑有些旧了

泥土发黄

仿佛已经结痂

第三个坑道不再像坑

上面长着狗尾巴草、蒲公英……

还有一些清亮的积水

——如我手提包里的小镜子

多么欣喜

多么欣喜！那些
从四季的轮回中来到枝头的小白花
那些从漫长的死寂中
轮回到人世的人
我要抓紧时间恋爱、经历一切
失恋时痛哭
然后微笑
多么欣喜！那寻常的雨水中
转瞬熄灭的小白花

问 候

林中

一只鸟踩到了松果

轻轻地　它落在湖里

涟漪一轮轮荡漾开来

撞在我的胸壁上

发出幸福的微响

如果此时，我的心不够安静

就错过了这一声

这一声声

静谧的问候

蘑 菇

一场雨后
蘑菇从一堆石头旁
长出来

黎明的草地
牛羊安静，露珠圆润
星辰看上去
与这些新长的蘑菇一样大小
一样白

一样地
扎根虚静和蔚蓝

出神的瞬间

一只白蝴蝶飞出了茧壳
飞啊
她到达了曾经去过的某地
不曾去过的某地
有时候如一条无人接收的短信
在某个人或某个地点的上空
徘徊片刻

那孤独的白蝴蝶
不知所终的烟一般的出走和飞翔

十四岁那年

采桑，养蚕
村庄沉浸于单纯的农事
我沉浸于身体里莫名的柔软

我的十四岁，也像绵软的蚕
蛰伏在一个白色的茧里
失落在家乡的某处
至今，无人将它剪开
无人看见，我暗藏在时间里的
白色柔软的十四岁

彩虹梦幻之路

现在，我们平静地坐着

奇怪自己曾经那么轻、那么有力量

如果可能，我愿意如那些登山者

再登一次高峰

然而我们知道：这是灰烬之建筑

手不能搭在上面、心也不能

甚至目光都会太重，具有非凡的摧残力

我在你的根部

你目光向上、向着春天的雨水
和那些朝你飞来的蝴蝶……
亲爱的：我在你根部静默不语
我是你根部的土粒、土粒中的水
亲爱的：没有人能真正夺走你
没有人能够将你从这种伟大的静默中
连根拔起

花　冠

任何时刻，她都不忘顶上的花冠
时间久了
这些美丽的花朵就像从她的身体里长出来
难以与她分离
会走动的玫瑰花丛，让人眼花缭乱
可在一些安静的时刻
她将体会到生命与花冠之间血液循环中断的
痛苦

雨

早晨起来，天空母亲一样蓝
秋风、菊花、木槿和芙蓉……
没有一点烟尘
只有躲在屋子里的人
与这个清新的早晨不相适应
他们连同他们的梦
有很久未被清洗了

我有些羞愧
对于栖息在我心中的万物
如果它们蓬头垢面
那是我的过错

镜子（一）

我是你镜子里的映像
会做模仿的动作：
赤裸、拥抱、亲吻
如果你背对着我
我也背对着你
你对我笑
我也对你笑

我是个单纯的躯体
但代表着世界对你的态度

镜子（二）

如果你看到了自己的模糊性
不错，这是个好的开始
如果你看到自己的两重性、多重性
要感恩
如果你看到了自己心内的魔鬼
亲爱的，要跪下来
拥抱这面镜子
叩谢它

我用放大镜看着我的故乡

在一张地图上，我用放大镜看着我的故乡
我的村庄占据着整个视野
它的春天就是世界的春天
杏花的香味弥漫着宇宙
我家的小房子坐落在村口
它紧挨着村外的小河
又依偎在村庄的怀里
我的兄弟们进进出出，形象那么高大

仿佛整个世界只剩下我的村庄
整个人类都是我的亲人

废墟上的绿

我注视着废墟上的绿
那乱石堆中伸出来的绿
如年幼的帝王
坐在他有待修复的河山上

那楚楚的
死亡之上重生的禾苗
是我默默祈祷
含泪感恩的幸福

眼　睛

我要完善这样的一双眼睛
用生命的所有痛苦和欢乐滋养它
让它独立行走于我的头顶，从高处俯视
我要它先于命运看清路上正在到来的事物
先于苦难做出海参一样分割自己的决定
一部分用以喂养追来的大口
另一部分溜之大吉，继续在海水里活命

更多时候，我要它安静如最低处的水
遥望萤火、星辰……
和越来越深远辽阔静谧的蓝

我这样摇曳

放弃垂柳、修竹、白杨树梢

我是一个女人

可我愿意是一棵铁树

更愿意是这片草坪

风吹来　如某种难以名状的

生命本身的欢欣

我的摇曳：广阔、绵远、弥漫

没有边际

但腰肢直立

我的灵魂喜欢这样的外壳

我为自己埋于地下的根须

流泪、感恩

我不扼杀无辜的欲望

某个脏器忽然来临的骚动和渴望
血液中升起的跳舞的火焰
——我像一个母亲一样充满宽容地
爱你
如天父爱自己的创造一样充满仁慈和
骄傲地爱你

——与生俱来的、生命借以自新的欲望
感官的激情
我无比爱你！但从不沉溺

安 心

让你的心安坐在你的身体中
就像佛像坐在佛龛中
让你的耳朵静静地聆听走在路上的事物
向你走来的事物
请预先一步迎请它们
呼唤它们
当命运眷顾你、给你奖赏
请带着你的童心欢喜雀跃地登台领奖
而当命运惩罚你、给你苦难
请带着平静的心领受
——这也是命运的馈赠
它像秋霜一样使生命成熟

蚯　蚓

人需经历同样的窒息
同样的烈日炙烤
在类似的热锅般的水泥地上滚爬
才能对路上的蚯蚓抬一抬脚
需断裂过，失去至亲
失去生命的重要部分
才能对断成数截
仍在蠕动的蚯蚓
肃然起敬

宇宙用因果法则

宇宙用因果法则创造了我
用含有杂质的材料、用我时常
冒出来的善念和恶念，混杂地
创造了我
用我对世界的印象
创造我的世界
用我对他人的看法和态度
创造我的他人
宇宙给了我一枚锃亮的镜子
但我不知道怎样照镜

心，包含全部信息

　　　　一颗心容纳全宇宙

　　　　容纳众生灵

　　　　容纳善无边际、恶无边际

　　　　容纳所有的过去和未来

　　　　容纳天堂和地狱

　　　　容纳全部的光明和黑暗

　　　　一颗心就是乾坤袋

　　　　但只呈现当下

　　　　就如一个巨大的影片库

　　　　但你只取出其中一片，来放映

　　　　（你的业决定你只能取出这一片）

　　　　你以为这就是全部的世界

爱

爱是一个巨大的水库
因为盈满而水流如注
爱并不需要一个亲爱的
并不因为你俊就爱你
爱是爱一切
就像满天星辉不拒绝照耀荆棘
也不拒绝照耀玫瑰
路边绽放的野花
并不因为我的卑微
而将花瓣收回

广袤的心

在你身后是广袤的心
在你身后是比虚空还要辽阔的
宇宙的心
你与星辰与蚂蚁拥有同样的心
是同一颗心
就像这株草与那朵花都从泥土里长出来
你是真心的万化之物
是终极之源的瞬间现形

一年像一张便签

又撕下了一张
还有多少张呢
我们不知道
在撕下的这张纸上
写下了什么
我们在除夕夜，自问

无　调 (代跋)

1

是沼泽、陷阱和厄运塑造了
感恩的心，而非平坦
和理应如此

2

过去的某件事情
不声不响地坐在两人中间
就像一个哑巴孩子坐在夫妻中间

3

世界出奇地美丽
不巧，我落在盲点中

4

恋爱是优点聚在焦点上
婚姻是优点落在盲点上

5

我在一个成人的声音里遭遇的
铅、灰霾和沙土
于一个幼童的清脆和水嫩里洗净

6

太阳照在葵花田和油菜花田上
多么恰如其分

太阳照在戈壁和枯井上
雨落在漫溢的湖和海里
这么巨大的浪费，如同一种情感
常在我的体内发生

7

绝望的尽头，不是绝望
也不是希望
绝望的尽头，因无所企望而得
大自在

8

在无人打扰的时间里
我的世界像拿掉电池的钟表
按下暂停键
这独自暗享的快乐无人能知

而当尘世呼唤
我即回到我在尘世的身份里

9

世事纷扰
心如长空无近物，亦无远物
寂音菩萨说："即使有人将屎盆倾倒在我的头上，
我的心依然是清净的"

10

枯荷不枯
正在捧出白嫩的根茎
老人不老
正在孕育新一轮的婴儿

11

黑暗无比深重
但你的心自带满天星斗
就像葱郁的草地,自带
野花和露珠

12

在命运的黑夜里
我们可以哀号、诅咒、抗争和逃离
但最要紧的是挖出一点空隙
点上灯

13

情在我们之间
不是相互缠绕的线

情在我们之间
就像这个星球
无论到哪儿,我们都
在其域内,而她永恒地沉默

14

给老虎套上项圈
不如给自己套上项圈
看看自己的念头，都想了些
什么

15

湛蓝的天空下
无边无际金黄的稻浪
在金黄与金黄之间
田岸草绿色的分界线
增添了无与伦比的切割和镶嵌
之美

但我独爱稻浪中间
黑不溜秋的父亲
他挥舞镰刀的姿势
让我落泪

16

丝瓜从树梢不起眼的藤条上
垂挂下来，绿色娃娃般

一天比一天长大
母亲总能在它的成熟与老去的
临界点摘下它们
当藤蔓枯萎
母亲将其根部割断，接下
清凉的丝瓜水，留待来年
擦痱子。瓜藤干了当柴烧

——数不清的植物、动物
竭尽全力。我活命，而它们死去

17

月亮暗淡的光
兽眼幽蓝锋利的光
风吹森林瑟瑟的寂静中
几声狼嚎、虎啸
这时候一扇可以拴住的木门
是那么地温暖、安宁，难以言喻

18

去欲，而后爱，是真爱！
不逐，而后利，是大利。

19

从心而出的诗句
太空的星辰
从不需要认证
而光芒直耀心底

20

我依靠一座山
这座山即坍塌
我依靠一棵树
这棵树即被连根拔起
我依靠一个人
这个人马上变成陌生人

因为无依无靠
一棵树学会了往下扎根
独自站立
因为无依无靠
我穿过了绝望和黑暗
无须支柱

21

时间是个填空题
将一生填在这里
谁来批卷呢

在虚空的审判室
我们自己出庭，举证自己

22

太阳向大地播洒无遮拦的爱
所有事物都以阴影答谢它
我的问题是，固执地
住在自己的一点点可怜的爱照出的阴影里
固执地要求影子用同样的光照耀我

图书在版编目（CIP）数据

到万物里去 / 胡澄著. -- 武汉：长江文艺出版社，
2024.2

ISBN 978-7-5702-3317-5

Ⅰ. ①到… Ⅱ. ①胡… Ⅲ. ①诗集－中国－当代
Ⅳ. ①I227

中国国家版本馆 CIP 数据核字（2023）第 158497 号

到万物里去
DAO WANWU LI QU

责任编辑：胡　璇　　　　　　　责任校对：毛季慧
封面设计：源画设计　　　　　　责任印制：邱　莉　　王光兴

出版：长江出版传媒　长江文艺出版社
地址：武汉市雄楚大街 268 号　　　邮编：430070
发行：长江文艺出版社
http://www.cjlap.com
印刷：武汉市籍缘印刷厂

开本：880 毫米×1230 毫米　　　1/32　　印张：6.125
版次：2024 年 2 月第 1 版　　　　2024 年 2 月第 1 次印刷
行数：4446 行

定价：48.00 元